U0111446

繽紛中華

中國名勝

馬艾思 著　　黃裳 繪

新雅文化事業有限公司
www.sunya.com.hk

查理和盈盈經常夢想環遊世界。
當他們細看地圖時，
一隻來自中國的可愛精靈突然出現。

小小旅遊達人，你們好！我是來自中國的小龍，
我可以帶你們遊覽中國的風景名勝。
你們想跟我一起出發嗎？

查理和盈盈做夢也沒想過有這樣的機會，
立即答應了小龍的邀請。

3

你們猜猜第一站要到哪裏去？
就是中國的萬里長城了。
這條長城沿着山脈高低而建，
就像一條橫跨地面的巨龍！

萬里長城在很久之前建成，
能抵禦外敵，保衞國家。
時至今日，人們經常說：「不到長城非好漢。」

世界上有很多皇宮，紫禁城宮殿是其中一個。
百多年前，中國皇帝在那裏生活和工作，
所以紫禁城又稱故宮。

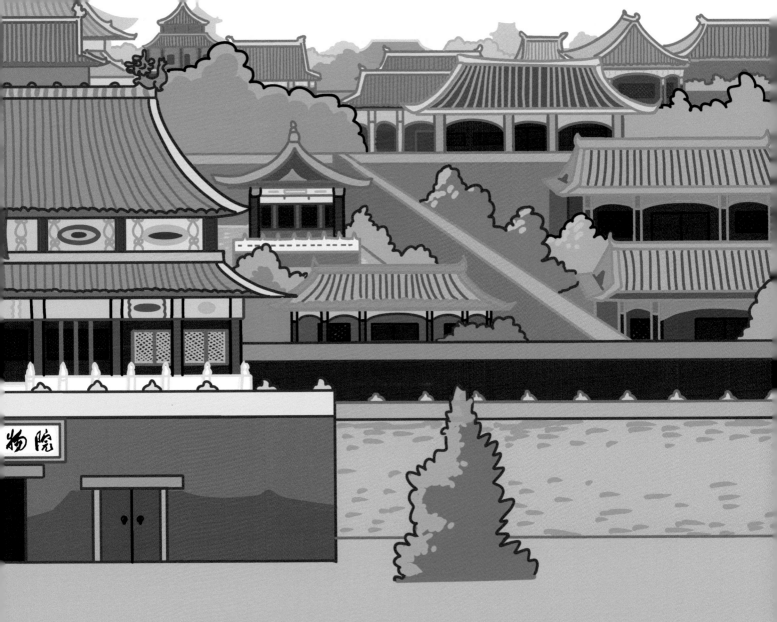

紫禁城非常龐大，佔地約有一百個足球場。
在宮殿內，我們可以看到很多典雅的珍品，
見識到以前的皇帝和皇后是怎樣生活。

現在我們來參觀兵馬俑！
兵馬俑是一支龐大的陶俑軍隊，士兵的大小好比真人。
它們於二千年前製造，
守護着中國第一個皇帝秦始皇的陵墓。

我們靠近一點來看。
每個士兵陶俑的外貌和裝束都不同，
不說還以為它們是一支真實的軍隊，
兵馬俑真是世界奇跡啊！

還想探索其他名勝古跡嗎？
不如我們去莫高窟吧！
莫高窟是中國四大石窟之一，
內裏藏着很多特別的稀世文物。

在莫高窟，你會欣賞到壯觀的壁畫和雕塑。
古時候，人們到洞內參拜大佛和靜修，
所以莫高窟亦稱為千佛洞。

聽說大佛在很久以前是
一位宗教老師。

11

你們準備好登山去嗎？
我帶你們爬一座風景如畫的中國名山——黃山。

黃山自然美景遠近聞名，
以奇松、怪石、雲海、温泉著稱。
很多畫家和詩人都受山景啟發，獲得創作靈感。
這裏的風光真是十分壯麗，
難怪人人都愛遊黃山。

如果想親親大自然，
不妨到九寨溝走走。
九寨溝是中國國家公園，
擁有色彩繽紛的湖泊、瀑布和森林。

但九寨溝的奧妙豈止如此！
這裏還棲身了很多稀有動物。
看看那邊！是大熊貓和白唇鹿啊。
跟牠們打個招呼吧！

大熊貓和白唇鹿非常稀有，
能遇到牠們真是幸運。

我們也應該到蘇州園林走一走。
它是一座古色古香的中國園林。

16

蘇州園林設計獨特，花草迷人。
踏入這座園林，就恍如走進童話仙境，
既寧靜又平和，你也這樣覺得嗎？

另一個必去的地方是福建土樓。

土樓是中國的圓形樓房，以土、木和石建造。

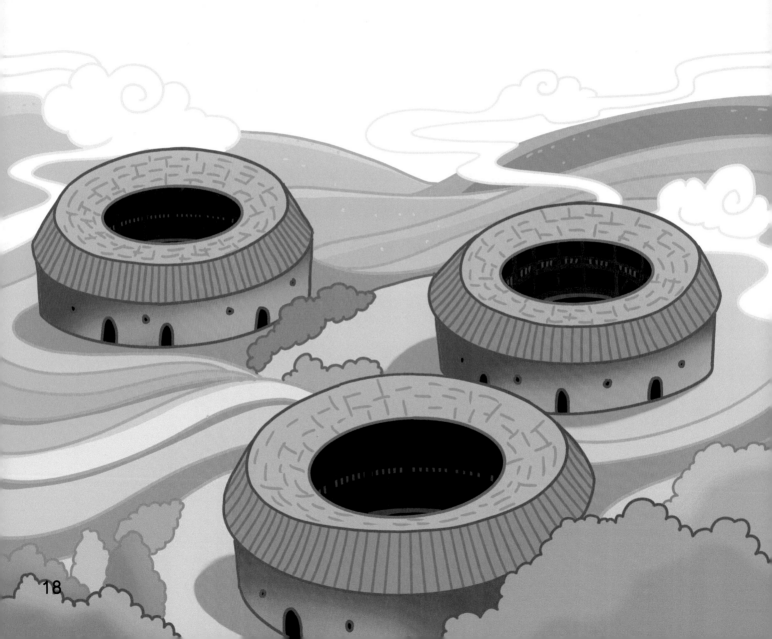

很久以前，人們住在這些堡壘般的居所，
抵抗敵人侵略。福建土樓富有特色，
且滿載歷史和文化，世上少有！

孩子們，
你們跟得上我嗎？
我們快要越過一條特別的橋——
趙州橋。

嘩！趙州橋就像一輪「水上明月」。

你們知道趙州橋
有什麼特別之處嗎？
它建造於一千四百多年前，
是世界上其中一條最古老的石拱橋！

旅程的最後一站，
讓我們來看看布達拉宮。
它位於中國西南面，是西藏的大型皇宮。

布達拉宮分紅、白兩宮，裝飾華美絢麗，
不但是西藏佛教和歷代行政統治的中心，
也是世界各地遊客慕名前往的勝地。

旅程要結束了，
查理和盈盈既疲倦又興奮。

他們以往只能從書本認識中國名勝，
這次終於親身遊歷了。
二人已急不及待想再發掘更多美麗的中國地方呢！

中國名勝漢英詞彙

萬里長城
🔊 Wànlǐ Chángchéng
EN The Great Wall of China

兵馬俑
🔊 Bīngmǎyǒng
EN The Terracotta Army

紫禁城
🔊 Zǐjìnchéng
EN The Forbidden City

莫高窟
🔊 Mògāokū
EN The Mogao Caves

黃山
🔊 Huángshān
EN Huangshan

九寨溝

🔊 Jiǔzhàigōu

EN Jiuzhaigou

福建土樓

🔊 Fújiàn Tǔlóu

EN Fujian Tulou

蘇州園林

🔊 Sūzhōu Yuánlín

EN The Classical Gardens of Suzhou

趙州橋

🔊 Zhàozhōuqiáo

EN The Anji Bridge

布達拉宮

🔊 Bùdálāgōng

EN The Potala Palace

繽紛中華

中國名勝

作者：馬艾思
繪圖：黃裳
翻譯：小新
責任編輯：黃稔茵
美術設計：郭中文
出版：新雅文化事業有限公司
香港英皇道499號北角工業大廈18樓
電話：(852) 2138 7998
傳真：(852) 2597 4003
網址：http://www.sunya.com.hk
電郵：marketing@sunya.com.hk
發行：香港聯合書刊物流有限公司
香港荃灣德士古道220-248號荃灣工業中心16樓
電話：(852) 2150 2100
傳真：(852) 2407 3062
電郵：info@suplogistics.com.hk
印刷：中華商務彩色印刷有限公司
香港新界大埔汀麗路36號
版次：二〇二四年三月初版
二〇二四年六月第二次印刷

ISBN: 978-962-08-8358-3